baleia morta e outras fomes

baleia morta e outras fomes

gabriel fragoso

© Moinhos, 2021.
© Gabriel Fragoso, 2021.

Edição: Camila Araujo & Nathan Matos
Assistente Editorial: Karol Guerra
Revisão: Ana Kércia Falconeri
Capa: Gabriel Fragoso e Sergio Ricardo
Ilustrações: Gustavo Lindermann
Projeto Gráfico e Diagramação: Luís Otávio Ferreira
Imagem da página 8-9: View of Scheveningen Sands,
óleo sobre painel — Hendrick van de Anthonissen

Nesta edição, respeitou-se o Novo Acordo Ortográfico da Língua Portuguesa.

Dados Internacionais de Catalogação na Publicação (CIP) de acordo com ISBD
D346b
Deledda, Gabriel Fragoso
 Baleia Morta e outras fomes / Gabriel Fragoso Deledda.
 – Belo Horizonte : Moinhos, 2021.
 80 p. : il. ; 14cm x 21cm.
 Inclui índice.
 ISBN: 978-65-5681-065-2
 1. Literatura brasileira. 2. Conto. I. Título.
 2021-1181   CDD 869.8992301   CDU 821.134.3(81)-34

Elaborado por Vagner Rodolfo da Silva - CRB-8/9410

Todos os direitos desta edição reservados à Editora Moinhos
www.editoramoinhos.com.br
contato@editoramoinhos.com.br
Facebook.com/EditoraMoinhos
Twitter.com/EditoraMoinhos
Instagram.com/EditoraMoinhos

*Para Tânia
e todos os seus
sorrisos*

11 **O crepitar dentro da mala**

15 **As mãos da aranha**

21 **Como se toque**

29 **A liberdade ou o despejo**

35 **A domicílio (parte I)**

39 **ele sabe que seu marido está no fim**

43 Baleia morta e outras fomes

53 Os olhos da tempestade

57 A domicílio (parte II)

61 Em nome do pai e do filho

67 Sem nome

71 Sal

75 Posfácio

O trem se aproxima com a urgência de quem não pretende ficar. Subo os pequenos degraus, o bilhete em mãos, e busco um lugar isolado, à janela.

No corredor, ouço vozes num microfone distante e crianças passam por mim, risonhas. Depois de encaixar com delicadeza a grande mala no compartimento acima de todas as cabeças, respiro em alívio ao lembrar que levo apenas o essencial. Me sento.

O frio faz tremer e me arrependo por ter sujado o cachecol antes azul. Mas não havia tempo para buscar roupas. Paciência. O pedaço de tecido quente é a menor de minhas tristezas. Théo me esquentava muito mais.

Lágrimas ameaçam se aventurar nas cordilheiras do meu rosto seco, mas não permito. Ninguém sabe de nada, ninguém sabe de nada. Respiro fundo e noto o casal que se encontra na cabine seguinte. Consigo enxergá-los do nariz para cima — abaixo, só o banco da frente, que se estende como um pequeno, mas consistente, muro.

Os barulhos mecânicos anunciam a partida do trem. Já é hora de sumirmos. A estação, com suas luzes alaranjadas e pessoas agasalhadas, vai ficando para trás conforme a velocidade aumenta. A viagem agora é ao lado de montanhas enormes, distantes e geladas.

Me encolho e fecho os olhos, a cabeça apoiada no vidro. Talvez as lágrimas desçam, mas quem se importa. O casal de rostos pela metade, ainda abraçado, ignora a minha presença — não seríamos todos apenas pedaços de qualquer coisa?

Lá fora, os pinheiros, vestidos de branco e inclinados à esquerda, nem me olham. Eles, sim, sabem de tudo. A enorme velocidade do trem torna um borrão todas as coisas mais próximas, mas tudo que teve a sorte de permanecer longe dos trilhos ainda pode ser visto e examinado.

E então enxergo a fumaça, distante, ao pé de uma enorme montanha. Fumaça de fogo, de combustão, de revolta e culpa. As chamas-bailarinas abrem clareiras de luz laranja em meio ao cinza etéreo de toda a paisagem. Nunca tive dúvidas de que o deboche do fogo é dançar.

Os passageiros dormem. Ninguém nota as insaciáveis labaredas que lambem as árvores. Olho ao redor. Onde estão os funcionários desse trem?! Se Théo estivesse vivo, ele certamente saberia como encontrá-los.

O fogo se alastra de forma tão rápida que tenho a certeza de que seremos, a qualquer momento, parte do seu espetáculo.

— Bilhete, por favor.

Abro os olhos, o coração a mil. Não há mais incêndio nos alcançando. Nem fumaça. Nem árvores enegrecidas e mortas. Nem pássaros em revoada urgente e amedrontada. Nada além de uma paisagem morta de indiferença. O meu rosto desorientado chama a atenção e o senhor de barba branca franze a testa. Seus olhos nórdicos me encaram e então ajeito o corpo na poltrona, o frio sempre presente — até vermelho o cachecol me seria útil. Entrego o bilhete e ele faz a rápida conferência.

— Indo pra longe, hein, jovem? — O idoso diz, sorridente, me devolvendo o pequeno papel e se distanciando.

Lá fora, entre tantos pinheiros congelados, o incêndio quer voltar ao palco. Mas dessa vez não sinto medo. Nem culpa. Percebo que o perdão, no fim das contas, nunca foi possível.

Enquanto invejo o fogo, que antes despedaçou os grandes galhos como se nada fossem, levanto a cabeça e encaro minha grande mala. Lembro da dificuldade que foi com Théo, algumas horas atrás.

Suas longas pernas quase não couberam. Quase.

As mãos da aranha

Naquele dia, ela acordou maior do que nunca. Deitada com a barriga para cima — porque não existia outra possibilidade —, observava o gesso impecavelmente branco que compunha o teto. Lá em cima, à esquerda, uma pequena aranha, muito peluda, tecia sua trama.

Enquanto a moça observava as várias patinhas que se mexiam sem descanso, como se a fugir do invisível, ouviu três batidas na porta.

— Pode entrar.

Sua mãe irrompeu quarto adentro, carregando nas mãos, com cuidado, uma bata escura. Em pé, ao lado da cama, mal conseguia conter sua empolgação.

— Minha filha, tá na hora de levantar. Passei aquela bata que comprei pra ti. — Estendeu-a à filha, com orgulho. — Tua barriga vai ficar ainda mais linda.

— Não precisava, mãe.

Com certa dificuldade, Clara sentou-se, colocando os pés inchados para fora da cama.

— Tuas amigas todas vão estar aqui hoje, Clara. — Ela se sentou ao lado da filha. — Até a Fernanda, que recém voltou do intercâmbio. Lembra quando vocês me perguntaram se podiam ser irmãs, porque não gostavam de ser filhas únicas? — Ela sorria, com o olhar distante. — Deviam ter uns nove ou dez anos.

— Sim, mãe. Eu lembro. — Clara suspirou. — Vou levantar, então.

— Isso. Já tá quase tudo pronto lá. — Ela se aproximou do rosto da filha, franzindo as sobrancelhas. — E vê se passa um corretivo nessas olheiras, criatura.

Deu um beijo na bochecha de Clara, um afago naquela barriga enorme e levantou-se, deixando a bata estendida na cama — como uma pessoa que já deixou de ser, murcha — e saiu. A porta ficou encostada, sem firmeza.

Clara suspirou fundo. Olhou para a bata e depois para o teto: a aranha ainda estava lá. A moça tinha os cabelos bagunçados e pensava, com estranheza, sobre a sua mãe que não percebera a presença daquele aracnídeo lá em cima. Ali em cima. Aqui perto. Será que ela realmente não vira aquelas patas indo e vindo, indo e vindo, indo e vindo?

Levantou-se, com as mãos nas costas. Espreguiçou-se o que pôde. Deixou a bata no mesmo lugar e foi ao banho. Demorou-se. Olhou-se no espelho. Sentiu-se diferente. Parecia mais real do que nunca.

Pensou nas mãos da criança que lhe pesava o ventre. Sentia os pelos brotando naqueles dedos diminutos, emergindo de cada poro sob protestos submarinos. Pensou que deveria cortá-los pela raiz, senão a criança poderia nascer com as mãos peludas — um horror.

Parada no meio do banheiro, olhou para os pelos do próprio corpo. Manchas escuras em pontos específicos. Como as mãos do menino. O que ela faria?

Depois, dando uma última olhada para aquela aranha, Clara vestiu-se e saiu do quarto. Os filhos das aranhas nascem em ovos, ela pensou, enquanto fechava a porta com toda a força que tinha. Sentia-se pesada, indigesta, com coceiras pelo lado de dentro. Quando encontrou a sua mãe, abriu um sorriso. Ela veio com olhos de farolete, puxando a moça grávida pelo braço e levando-a ao salão.

— Só falta trazer o bolo da geladeira. Vou lá buscar porque já tá quase na hora! — E saiu correndo, deixando Clara com as palavras engasgadas — palavras que nunca nasceram.

Quando sua mãe estava de volta, desembuchou. Ou quase.

— Mãe, por que esse bolo? É um chá de fraldas, não um aniversário.

— Já conversamos sobre isso, meu amor. — Ela ajeitava o bolo no centro de uma mesa cheia de doces. — É só um

18 baleia morta e outras fomes

bolinho pra comemorar o nascimento do nosso bebê. — E adicionou às pressas: — Porque eu sou uma vó muito participativa, né?

— Mãe, eu...

— Psiu, para com isso, Clara. O teu pai já deve estar chegando.

Clara calou. Pensou no corpo peludo daquele bebê que carregava na barriga. O pretume já teria alcançado as mãozinhas? Antes de encontrar qualquer resposta, o interfone tocou. A mãe já mandava que subissem. Pelo visto, as amigas da época do ensino médio tinham combinado de chegar juntas. E foi aquela bagunça. As risadas. As fotos. As admirações. Que barriga enorme, Clara!, diziam em intervalos curtos. Logo o interfone não parou mais de tocar. As convidadas chegavam com fraldas, cremes, papinhas, talcos, pomadas, sacos de algodão, mamadeiras, esterilizadores de mamadeira, lenços umedecidos, bombas de tirar leite, conchas de silicone, móbiles, chocalhos e até uma tesourinha. Elas deveriam saber.

Clara foi pintada com batons caros. Havia desenhos na sua barriga e no rosto, além de frases pouco legíveis nos braços e nas coxas. O umbigo saltado foi transformado numa boca em constante assombro.

Clara até esqueceu do pai, que chegou depois de três horas de atraso.

— Parabéns, filha — ele disse, enquanto ajeitava a gola da camisa. Sem responder, Clara observava os pelos que brotavam do peito do homem e desciam pelos braços. Sobre uma de suas enormes mãos, muito peludas, uma pequena aranha fazia silêncio.

Como se toque

I

O suor escorria sem cerimônia: nem os olhos eram poupados. Quando João Pedro entrou em casa, a camiseta grudava nas costas e ele soube que devia correr direto para o chuveiro. Em vez disso, porém, abriu a larga janela da sala, no alto do décimo terceiro andar, e aproximou-se do parapeito. Examinou a altura e ficou por alguns segundos olhando lá para baixo, acompanhando as pequenas pessoas e suas pressas. Com uma leve vertigem, levantou os olhos. Tentou contar quantas janelas com luzes acesas brotavam nos outros prédios ao redor do dele. Tarefa árdua.

Enquanto assistia ao crepúsculo invertido acontecendo dentro de cada apartamento alheio, sentiu uma gota de suor a lhe escorrer pela bochecha e desprender-se do queixo, suicida.

João Pedro estava satisfeito. Primeiro tirou a camiseta sem mangas e depois a bermuda curta, de tactel. A seguir, correu ao interruptor, chutando as roupas pelo caminho, e acendeu as luzes da sala. Todas elas. E o abajur.

Voltou à beirada da janela, abaixou-se em direção aos próprios pés, como quem se alonga depois do exercício, e só então puxou a cueca para baixo. Ficou em pé, nu, emoldurado por aquele janelão aceso a uma distância que permitia a visão de seu corpo inteiro. Cortinas fecharam, ultrajadas, e outras se abriram ainda mais. João Pedro questionou-se: será que também enxergam o suor?

II

Leonardo fechou a porta atrás de si, os olhos emoldurados por olheiras sutis. Deixou a mochila num canto qualquer, puxou o celular do bolso direito e largou-se pesadamente sobre o sofá de cantos desfiados. Mais um dia de trabalho havia acabado, e ele parecia exausto.

Rolou por suas redes sociais, respondeu mensagens do aplicativo de relacionamento — oi, tudo bem sim, e contigo? oi, eu tô ótimo, e tu? sim, eu trabalho num estúdio de design. que legal! oi, tudo bem? adorei! que nome diferente. sim, muito obrigado. eu também! eu tô bem — e ligou a televisão. Esfregou o rosto, tirou os sapatos, teve fome e decidiu pedir delivery.

Entre cinquenta minutos e uma hora, eles disseram. Leonardo levantou-se, foi até a cozinha e serviu-se de vinho. Ao dar o primeiro gole, notou a louça suja da noite anterior. Acima da pia, uma janela aberta acompanhava seu comprimento. Que privilégio poder lavar a louça com essa vista incrível, ele resmungou em deboche. Deixou a taça na bancada ao lado e levantou as mangas da camisa. Abriu a torneira, pegou o prato engordurado, sentiu a água fria nos dedos e esticou o braço para apanhar a esponja e o detergente, desejando ter dado play em alguma música que quebrasse aquele quase silêncio mortal. Foi quando enxergou a luz se acender em uma das várias janelas do prédio em frente.

No exato momento em que esbarrava na taça e quebrava o vidro — e o silêncio —, um homem surgia pelado no meio daquela enorme janela sem cortinas.

III

O rosto de João Pedro afogueava-se em água e sal. Ficou parado, procurando pelas variadas expressões que seu corpo nu causava, mas não encontrou espectador que se demorasse — por vergonha, estranheza, ultraje ou falta de tempo. Mas, calma, sim, encontrou, talvez, um par de olhos, um pequeno rosto de olhos assustados, mas fixos, recortados por uma janela que delimitava da testa aos ombros, e uma série de desimportantes móveis de cozinha.

O silêncio entrou pelos ouvidos como uma gota de suor que desobedece a gravidade, e ele se arrepiou.

João Pedro sentiu os olhos do outro, mas não apenas.

IV

Soltou o prato na pia e a torneira seguiu aberta. Fragmentos de vidro e vinho derramado tomavam conta da bancada e do chão, mas Leonardo não estava interessado.

A pele do homem emoldurado brilhava a distância, quase como uma entidade ou uma força da natureza ou um ser humano sem vergonha. Ele cheirava a desodorante de chocolate, e Leonardo aspirou com fome.

Nem se assustou ao notar que, agora, os olhares eram recíprocos. Inclinou-se para frente, esticando os braços para além da janela. O que aconteceu a seguir foi instintivo. E necessário.

V

As mãos dele cheiravam a vinho, mas estavam quentes. João Pedro, em pé, iluminado pela incandescência de seu apartamento, gostou do cheiro, mas teria gostado ainda mais do toque. Os poros de sua pele abriram-se em um gemido silencioso.

VI

Primeiro começou com a ponta dos dedos, sutil, leve, flutuante. A torneira da pia despejava-se quase tanto o desejo que nascia em Leonardo. Ele não entendia e nem fazia questão. Sentia cada dobra de pele, cada gota de suor e cada inspiração daquele tórax que de repente tornara-se próximo. Ao alcance.

A seguir pousou, sobre o corpo do homem no apartamento da frente, o peso inteiro de suas mãos. Sentiu na própria pele a forte luz das lâmpadas incandescentes que vira acender enquanto se preparava à louça. Ao perceber que o brilho antes visto era de suor, teve a certeza de que, no fim das contas, este desavergonhado sem-nome era, sim, uma entidade.

As mãos de Leonardo percorreram o peito, a barriga, ultrapassaram o umbigo e alcançaram os ossos da cintura, embrutecendo formas já existentes e reorganizando suores. Ouviu alguma coisa, que foi abafada pelo som da torneira, e só aí voltou-se novamente aos olhos daquele homem. Antes de seguir percurso, já quase de joelhos em plena sala iluminada, à vista de todos e de frente ao outro, deu fim ao fluxo de água que chiava em sua pia de louças sujas. Precisava ouvir as respirações.

VII

Os olhos de João Pedro acompanhavam as mãos escuras do rapaz que lhe dera atenção quando havia surgido na janela. Mãos que desciam pela sua pele com a mesma ausência de vergonha que ele sentia ao se expor. Mãos que desejavam. Ele se surpreendeu ao enxergar os dedos do homem, fluentes, dominantes, tomando conta de seu corpo recém-exercitado. Sentiu muita vontade e não soube exatamente do quê. Respirando ruidosamente, perguntou Por que ninguém nos enxerga?, e a resposta veio cifrada, inconclusiva — encararam-se como quem enxerga a verdade. Sem dizer palavra, o vizinho do prédio em frente fechou a torneira da cozinha e um chiado antes não definido, mas percebido desde o início, teve seu fim. E aí se ajoelhou.

João Pedro, ao invés de fechar os olhos, como teria feito em qualquer outra ocasião de prazer, manteve-os abertos.

Enquanto aspirava vapores de vinho, empurrou a cabeça do vizinho contra o próprio corpo e, nesse momento, sentiu muitas coisas. Um: nas mãos, a nuca de Leonardo com cabelos crespos e curtos; dois: os lábios de Leonardo, tensionados, e a língua; três: o calor, a proteção e a umidade da boca de Leonardo, sem fim; quatro: arrepios de dentro para fora, como tsunamis, dele mesmo.

Levantou os olhos e notou que, sim, alguns vizinhos olhavam. Ali, no alto do décimo terceiro andar, emoldurados por uma enorme janela sem cortinas em um cômodo muito iluminado, João Pedro gozou.

VIII

A boca se encheu, tanto quanto os ouvidos. E aí poucos segundos foram suficientes para que Leonardo, ajoelhado, igualmente se desse conta dos olhares. E gozasse também. Encarando o homem que se mantinha em pé, as pernas trêmulas, ele apoiou as mãos no azulejo para erguer-se do chão. Nesse instante, um caco de vidro penetrou-lhe a pele e o sangue jorrou, misturando-se ao vinho e ao sêmen.

IX

Alcançaram o orgasmo quase na mesma hora, e João Pedro gostou disso. Enquanto o vizinho, ajoelhado à sua frente, fazia menção de levantar, o celular fez barulho e ele se virou para ir buscá-lo. Ouviu um gemido de dor e sobressaltou-se, virando-se de novo ao pequeno rosto de Leonardo, no prédio em frente, recortado por uma janela que delimitava da testa aos ombros, e uma série de desimportantes móveis de cozinha.

X

Com a mão sangrando embaixo da torneira aberta, Leonardo ouviu o interfone. Interrompeu o fluxo de água, puxou um papel toalha, pressionou o corte e correu para buscar sua comida — o gosto do vizinho ainda na boca.

Antes de dar as costas à cozinha, encarou João Pedro por uma última vez, no prédio em frente, emoldurado por uma enorme janela sem cortinas. Ele suava mais do que nunca.

Quem iria querer esse aparelho velho e com a bateria viciada? Deixo-o na beirada da janela, do lado de fora de um restaurante já fechado. Vibrando. A bolsa enganchada no meu ombro direito parece mais leve, e eu também.

Violeta, modos, eu digo a ela, que tenta se erguer sobre as canelas de um senhor que passa mancando por nós duas. Apresso o passo. Contando que meu relógio marca cinco e dezoito da tarde, tenho quarenta e dois minutos para estar lá. Chegaremos a tempo. Noto que os meus sapatos de salto parecem silenciosos perto do barulho da cidade que nunca descansa. O barulho nunca descansa — e eu me identifico com isso. Descansar nunca foi parte da rotina, mas quem sabe agora isso comece a mudar. A gente vai descobrir, né, Vivi?

Avanço sem olhar para trás, até que Violeta freia bruscamente para decidir se marca território sobre aquele amontoado de outras urinas ou não. Sua perninha peluda levanta e a resposta é sim. Já é hora de um banho, não é, Vivi, falo com a voz infantil, me abaixando em direção a ela — que solenemente me ignora. Engraçado como os cachorros aprendem com os humanos.

Puxo Violeta por sua coleira cor-de-rosa ao mesmo tempo que tento ajeitar o coque que equilibro no topo da cabeça. Desisto sem muitas tentativas. Já não estou disposta a aceitar prisões e é com isso em mente que puxo o elástico que prende meus cabelos. Atiro-o ao chão e não me orgulho. O planeta Terra é a nossa casa, eu dizia aos meus dois filhos, que hoje devem estar uns moços.

Eu e Violeta caminhamos por mais vários minutos e os contrastes entre os nossos passos se destaca em meus ouvidos como música de percussão — certa vez me apaixonei por um músico badaladíssimo, mas não quis me envolver com pessoas instáveis.

baleia morta e outras fomes 31

Tec, tec, tec, tec.

O barulho dos passos agora me irrita e não tenho outra opção senão tirar os meus sapatos de salto alto. Deixo-os próximos a uma lixeira, lado a lado, comportados. Noto os dedos do pé vermelhos e o joanete gritando. Mas sorrio e agora só ouço os passos de Violeta, sempre ao meu lado, leal. A guia é comprida e dou a ela o máximo de liberdade que consigo. Uma ironia sem graça. Pobre Violeta, nem imagina que é impossível ser livre enquanto houver coleira em volta do seu pescocinho fino.

Olho uma última vez para o relógio que está ao redor do meu pulso esquerdo enquanto desafivelo-o com dificuldade.

Mais dez minutinhos e chegamos, Vivi, comunico empolgada, entregando o relógio em mãos para uma moça que canta belamente uma música pop dos Estados Unidos — a mesma que ouvi hoje de manhã, enquanto assistia à televisão pela última vez. Foi quando eles chegaram.

Será que essa vai ser a minha música de despedida? Ou de boas-vindas? Hein, Vivi? Hein?

A cantora da rua me olha com olhos arregalados, sem parar de cantar. Eu sorrio e recomeço a caminhar, mas paro num sobressalto ao notar o peso que ainda carrego sobre os ombros. Desenrosco a bolsa do corpo e deixo-a aos pés da cantora, ao lado do chapéu que guarda alguns trocados. Torço para que ela faça sucesso.

Violeta, que me esperava sentada, agora caminha com a mesma pressa que eu. Compartilhamos nossas pressas já faz um bom tempo, e hoje mais do que nunca. Quando eles chegaram, antes do almoço, ela latiu feito louca. Eu sorri, ciente da situação. Espero que meus horários agora sejam mais flexíveis — já é hora de descansar da pontualidade.

São cinco para as seis da tarde e o trânsito começa a diminuir. A fila está grande e nós duas temos fome. Sorrio ao perceber que chegamos a tempo. Remexo os bolsos e encontro as duas últimas e pesadas moedas. Violeta me encara. Deixo a guia cair.

Você vai acordar num sobressalto, como se estivesse prestes a se atrasar.

Suas janelas estarão fechadas, pois, na noite anterior, um vizinho desconhecido do prédio em frente terá decidido ficar horas e horas nu, mostrando-se sem timidez alguma. E você só queria dormir. Sentando-se na cama, perceberá seus joelhos pálidos e suas coxas com poros arrepiados. Depois de respirar fundo, aproveitará o impulso do tórax inflado para pôr-se em pé. Então, ajeitando suas vestes, será hora de seguir o fluxo natural de todas as manhãs, rumo ao banheiro.

Os azulejos do chão, gelados, assustarão os seus metatarsos, mas você não se importará, visto que já terá chegado em frente ao espelho e, finalmente, estará observando o seu próprio e velho rosto, e suas novas rugas, e suas remelas.

Você vai esfregar os olhos com força, escovar os dentes, urinar, pensar sobre a própria urina, lavar as mãos com pressa e secá-las nas roupas de baixo.

Sentirá fome. A cozinha será alcançada após cruzar o corredor, e você se lembrará, durante o curto trajeto — já que seu apartamento não é tão grande —, que a ilustração dada a você pelo seu amigo, o mais engraçado de todos, não é nem de longe bonita ou minimamente estimulante, e que, portanto, infelizmente, deverá ser substituída — ou, ao menos, despregada daquela parede.

Você chegará à cozinha sem ter se apercebido disso, e só ao voltar à sala, que estava no meio do caminho entre o quarto e a cozinha, com uma bolacha de água e sal na boca, é que vai encarar, olhos nos olhos, o rapaz que passou a noite em sua poltrona — a sua poltrona —, algemado à grade da janela e, portanto, incapaz de fugir.

baleia morta e outras fomes 37

os tambores não param. as vozes, tampouco. ao redor, todos de branco. está calor no terreiro. bento sente muitos cheiros. o sol entra por uma janela entreaberta. vai ficar tudo bem. as batidas se acalmam devagar. ele percebe que algo está para acontecer. a energia é palpável. uma voz se eleva. os tambores acordam. o grito os corta. o peito infla. a mulher desconhecida em pé. o vestido branco. o chão cru. os pés raspando. gritos em uníssono. batidas se intercalam. ela de olhos fechados. bento atento a tudo. ele pensa em jonas. os tambores explodem. quanto tempo, jonas? a mulher sorri grande. bento se sente sozinho. a multidão se entreolha. perguntam aos gritos quem é que tá aí. ela pede cachaça e não responde. mas todos sabem. um idoso lhe entrega o copo. os pés descalços. de repente o fumo. a música segue. bento se sente embebido. embriagado. alcoolizado. acordado. atento. consciente. ela abraça cada um. ele vê sua vez chegando. todos de branco. o respeito. cerra os olhos. jonas bem que poderia estar aqui. entreabre. sente a música mais do que nunca. ela está de olhos fechados. na frente dele. o arrepio. a claridade. ela estende os braços. ele também. não é só pele. a música entra. o abraço também. ele sente os cabelos dela no ombro. a música para. bento chora. sorri. canta, enquanto toma consciência sobre a própria condição: estou vivo.

jonas tem um cigarro entre os dedos. no seu bar preferido, a bossa nova preenche o ambiente, devagar, lentamente, se arrastando, como fumaça cheirando à canela. seus ombros e quadris balançam-se em rebeldia, contrariando o ritmo imposto. a mesinha no centro do salão é só dele, de seu cinzeiro e de sua taça já vazia. a visão turva ainda nota os próprios elegantes, compridos e já não tão funcionais dedos alaranjados — tais quais o fogo que queima em poucos momentos, momentos de nada, pequenos, uma nota ou duas. ele ouve o pianista e suas centenas de falanges seduzindo cada tecla, adentrando a madrugada. desmoronando-se. cruza as pernas. respira a canela aos pulmões. o vestido vermelho lhe cai bem, disso ele tem certeza — uma das poucas que ainda lhe restam. enquanto luzes esverdeadas dançam pelos seus olhos, ele pensa em duas coisas. 1: no marido. 2: em goethe. no marido porque sentirá saudade, em goethe porque agora entende suas últimas palavras. fuma até o fim, enquanto toma consciência sobre a própria condição:

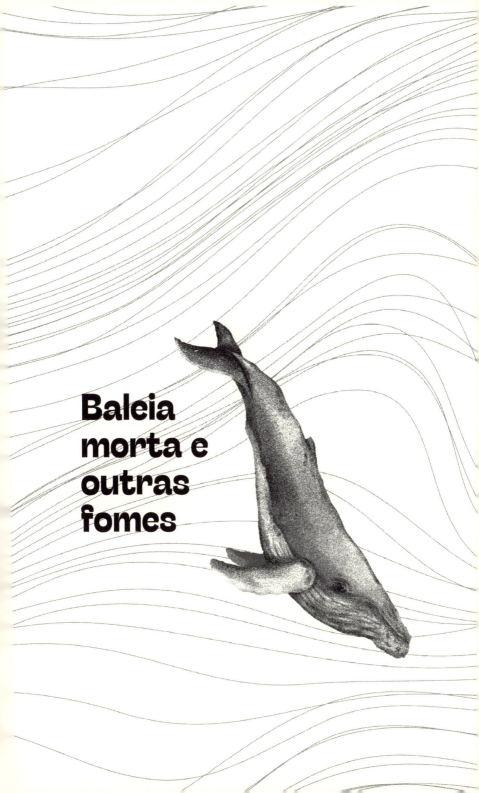

Baleia morta e outras fomes

I

A lua era como um prato à mesa. E brilhava quase tanto quanto os dois outros pratos ali dispostos. O Homem sentiu fome, assim, de repente.

No cômodo, além dele, só uma mulher alta e de cabelos brancos muito compridos e armados. Ele teve medo de quebrar o silêncio e ficou satisfeito em apenas observar a cena incomum. Ela mantinha-se estática de frente a uma parede, o corpo levemente projetado na direção do concreto — como se quisesse sentir o cheiro dos tijolos ou arrepiar-se à ponta do nariz com o frio branco daquela tinta já carente de sol.

II

Enquanto todos observavam a baleia que recém voltara ao mar, ainda morta, o Menino se achava mais interessado na janela que se abria em suspensão aérea, no meio de lugar nenhum. O frio holandês transpassava cada peça de lã e o vento balançava cada cor daquela cena — exceto a janela.

Impossível ter certeza: talvez fosse apenas sua imaginação, ou uma nuvem estranha, ou. Mas, naquela janela, seus olhos encontravam-se pares de outros olhos emoldurados por um rosto branco e cabelos enormes mais brancos ainda.

Não era um rosto comum para que a distância conseguisse nublar.

III

Encostado em uma parede, o homem. Do corpo todo, de todos os músculos, de cada tendão, nada se movia. Só os seus olhos, que examinavam aquilo que estava em seu campo de visão: a mesa redonda ao centro, com tampo de vidro desnudo, refletindo a lua que se deixava mostrar por uma claraboia comprida e retangular no meio do teto de gesso; dois pratos brancos e seus respectivos talheres metálicos, que faziam companhia à fome; duas cadeiras de madeira escura; o imenso branco da parede; e ela.

À frente da mesa, do outro lado de onde se encontrava o quieto observador, a mulher seguia de costas, concentrada. O Homem podia perceber sua atenção pela rigidez do corpo inteiro — como uma estaca. Ela parecia usar um vestido vermelho que se revolvia, comprido, pelo chão cinza.

Mas o que mais se movia na cena, que pode ter durado alguns segundos ou algo próximo a uma hora inteira, eram os cabelos cacheados, brancos como leite e tão volumosos quanto uma enorme nuvem de tempestade. Ou uma ovelha desgarrada.

Mas então, respirando tão devagar quanto conseguia, ele desviou o olhar.

O coração, delator, nunca batera com tanta força.

IV

Não havia quem não estivesse boquiaberto com a gigantesca baleia que de súbito ressurgira sobre o mar gelado de Scheveningen. O quebrar das ondas rompia o silêncio, mas logo se transformava em sussurro.

O Menino tinha a atenção fixa no retângulo flutuante sobre a faixa de areia. No seu interior via, atrás daquele rosto de mulher, uma parede cheia de quadros coloridos, um portal que levava a um longo corredor e um pequeno ponto escuro e estático que poderia ser, talvez, um homem. Do lado de lá daquela janela flutuante não havia areia, nem nuvens, nem cercas de madeira, nem fósseis de barcos abandonados, nem gaivotas ansiosas — nem mesmo uma enorme baleia de olhos fechados. Ele não conseguia entender como, então, aquela visão lhe deixava tão perplexo e assustado — o arrepio dançava em sua pele junto à ânsia por saber mais. Do lado de lá, a selvageria era pintada a óleo e iluminada por luzes fluorescentes. Enquanto ouvia de seu Pai que a baleia viera para se alimentar e não fora esperta o suficiente para sobreviver, o Menino sentia medo dos olhos quentes da mulher. Até que ela respirou fundo e virou-se de costas à praia.

V

Não poderíamos ter escolhido lugar melhor para o nosso encontro, a mulher falou de frente ao Homem, encarando algum ponto ao lado dele. Como se líquido derramado, ela caminhou em frente. Aproximou-se com um sorriso curto, de lábios finos.

Ele retribuiu como pôde, talvez tímido, talvez inseguro, talvez confuso. Quando ela se moveu, o Homem se deu conta de que nunca houvera interesse pelos tijolos disfarçados ou pela tinta-disfarce: a mulher observava, de muito perto, o único quadro pregado ali — como pequena ilha em meio aos oceanos, até então escondida por seus cabelos gasosos. Ali ele soube que o medo é mesmo uma maquiagem ao contrário: deixa as coisas mais feias.

Mas, ao notar que ela agora direcionava seus azuis olhos de fogo à outra parede, atrás dele, se virou para vê-la também: molduras de todos os estilos continham quadros que se acotovelavam pela quase-falta de espaço — um tumulto de cor e retângulos que já transformara o branco da parede em finíssimos córregos. Quase se assustou.

Então, ao lado dele, ela comentou: Como são lindos, não é mesmo? Um mais impecável que o outro. E continuou, olhando para o Homem pela primeira vez, Parece que falam comigo.

VI

As gaivotas gritavam alto, protetoras de sua prole marítima, enquanto um dos observadores escalava as costas da baleia para medir o seu tamanho. A janela flutuante seguia lá, sobre a areia, e o Menino tentava entender o que se passava, mas os cabelos da mulher insistiam em esconder a cena.

Se ela pudesse, comeria a todos nós, o Pai falou a ninguém. Sorte que já chegou morta. O Menino franziu as pálidas sobrancelhas e não gostou daquilo que ouvira. Ele preferia o animal vivo, lá longe, no mar, onde as ondas não quebram e os homens não dão pé.

Observou o mamífero com mais atenção pela primeira vez desde que chegaram ali: os músculos, tão grandes quanto um grito de afogamento, já estavam relaxados, e a couraça, escura como a fome, surgia mole e sem forma. Havia um triste silêncio naqueles enormes globos oculares que nunca se mexem — o Menino aprendera que, para uma baleia olhar em outra direção, precisava mover o corpo inteiro.

VII

Você parece ser uma boa ouvinte, ele respondeu, olhando-a de esguelha. Ela respondeu Muito obrigada, impassível, e seguiu falando Mas o meu preferido tem sido esse outro aqui, e virou-se novamente ao único quadro na parede oposta. Ele voltou-se à baleia, às pessoas com frio, à praia. Não conseguia entender o que havia de tão extraordinário ali, quando, logo atrás, a profusão de cores e formas lhe parecia tão mais instigante. Existe algo que eu não enxergo nesse quadro? Ele perguntou, um pouco impaciente. Ela demorou alguns segundos para responder, mastigando cada pedaço do silêncio. Disse Não, pelo contrário: agora você enxerga tudo. Essa pintura de 1641 se chama Vista das areias de Scheveningen. Acredita que, quando ela foi para o museu, não havia baleia? Ele franziu as sobrancelhas e disse Não entendi. Ela sorriu e continuou, os olhos faiscando. Animais mortos em obras de arte ofendiam grande parte das pessoas, meu bem, e por isso era hábito pintar por cima de todos eles, fosse um cavalo de batalha ou uma baleia no mar. Foi o que aconteceu com esse que vemos aqui, agora. Enquanto passava os dedos pela moldura de madeira entalhada, a mulher dizia que Uma restauradora, recentemente, foi quem encontrou, por acaso, essa grande baleia perdida por baixo de algumas camadas de tinta.

O Homem não soube o que dizer diante da informação curiosa, e decidiu permanecer em silêncio. A mulher, de súbito, virou-se de frente a ele, sorriu, puxou a cadeira e sentou-se. Estendeu a mão, sinalizando para que ele fizesse o mesmo.

VIII

Enquanto gritos cortavam a maresia, o Menino sentia o Pai agarrando a sua mão.

IX

Sempre fico me perguntando uma coisa. Antes da baleia — gigantesca, diga-se de passagem — surgir morta na beira da praia, por qual motivo as pessoas teriam ido até lá, em pleno inverno? Assim que ele se acomodou em seu assento, ela cruzou uma perna sobre a outra. O Homem suspirou, balançando-se à procura de alguma resposta plausível. Ela inclinou a cabeça e continuou, olhando para o nada. A multidão estava comovida em torno de um não-acontecimento. Não sei, é o que eu penso. Alguém foi primeiro, por qualquer motivo — querer pensar na vida, esperar um amor secreto, eu não sei — e mais alguém foi atrás. E aí outras pessoas comentaram sobre o suspeito passeio à praia, e foram investigar. E a multidão foi se avolumando, sem que nada, efetivamente, os levasse até lá, exceto a curiosidade, a iminência de algum acontecimento, a promessa mentirosa de algum espetáculo que tiraria do tédio os moradores daquela cidade, arrepiados pelo vento frio.

Mas nada aconteceu, ele disse muito baixo, quase para si mesmo. Nada aconteceu até que a baleia fosse resgatada do fundo desse mar de tintas. O que as pessoas fizeram com ela? O que as pessoas fizeram com a baleia?

A mulher sorriu, satisfeita, e ergueu a mão. O garçom trouxe uma taça de vinho. Ela agradeceu e ofereceu ao Homem, que aceitou. Eu vou acontecer agora?, ele perguntou.

X

O que está acontecendo, Pai? O Menino perguntou enquanto tentava não perder a janela flutuante de vista. Não houve resposta. Ele sentiu o corpo ser puxado e não entendeu nada quando notou que todas as outras pessoas também corriam em direção à baleia, como um enxame querendo voltar à colmeia. Zumbiam. Observou o que pôde, com sua pequena altura, e viu o mamífero tornar-se cada vez maior. Uma montanha morta que servia às ondas e aos pássaros. E agora aos homens famintos, que nunca haviam tido tanta fome. A vontade de sentir aquela carne molhada, já em decomposição, por entre seus dentes amarelos era o combustível que precisavam para cruzar a areia e alcançar todo o sabor contido naquele bicho.

Antes que a água salgada queimasse as suas pernas, ele desvencilhou-se do Pai, em pânico. Via todos com suas roupas encharcadas de mar e sangue, montados na baleia, atracados em sua couraça, em sua gordura e em suas vísceras — coisas que, na boca de cada um, já se tornavam uma só. A essa altura, o Menino notou que os olhos da baleia tornaram-se móveis.

Ele correu na direção contrária. Quem sabe se a moça de cabelos brancos pudesse escondê-lo naquela sala cheia de quadros. Quem sabe se ela pudesse ajudar a baleia a continuar existindo, mesmo que morta. Quem sabe se.

XI

Quem sabe, meu bem, ela respondeu ao Homem. Ele bebia a taça de vinho com toda a vontade do mundo, e ela o observava tranquila. Tão logo a taça fora esvaziada, a mulher sorriu. Não é a baleia, entende? São as pessoas. Quando a baleia voltou ao quadro, as pessoas deixaram de protagonizar a pintura. Mas elas sempre estiveram ali, e a baleia poderia até sumir de novo. Você quer ver? Eu pinto um mar belíssimo por cima dela. Afogo a baleia morta sem pensar duas vezes. O quadro acontece porque as pessoas decidiram estar ali, mesmo que não saibam o motivo. O desacontecimento faz acontecer.

O Homem já havia deixado de acompanhar o raciocínio e sua cabeça era como um pêndulo que descobria a gravidade. A mulher se levantou sem dele desviar os olhos acesos.

XII

A luz acesa naquele cômodo branco já iluminava o rosto do Menino quando ele conseguiu enxergar as duas pessoas sentadas à mesa. Ao identificar a mulher de cabelos brancos, o medo dos homens famintos tornou-se pequeno — mas não havia tempo para incertezas.

No meio da fuga, com uma perna já enfiada no espaço contido pela moldura — como um invasor que se espreme pela janela —, ele presenciou a segunda cena do dia que não pôde entender.

Com os talheres em mãos, a mulher se aproximava do Homem sonolento. Assim que o garfo e a faca tocaram aquela bochecha de barba rala, os olhos dela alcançaram o quadro.

Na praia, a baleia acontecia. No cômodo, o Homem.

O Menino tremeu.

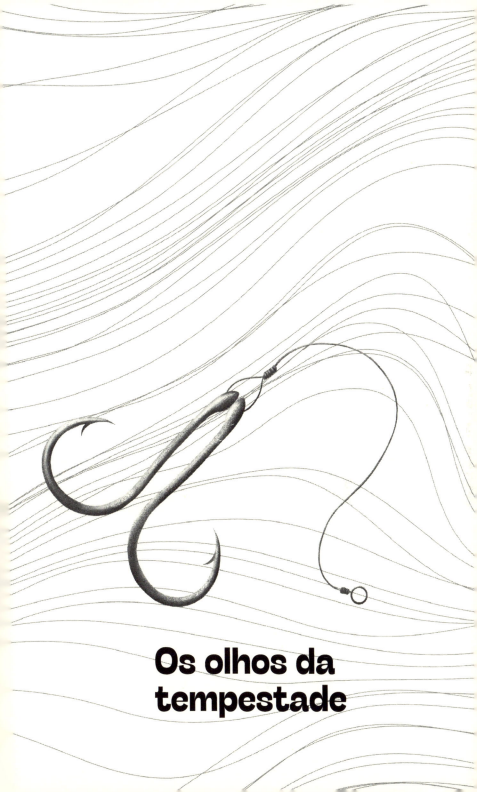

Os olhos da tempestade

*Para além da arrebentação, as pálpebras brancas de Chico
e a nuca morena de José refletiam o sol. Enquanto cada peça
de roupa se afogava, afundando inerte, os pulmões iam e
vinham, iam e vinham, iam e vinham. Mas eles não eram os
únicos. Naquele fim de tarde, o mar despejou-se mais doce.*

Não é mais hora de ficar nervoso — a decisão já foi tomada. Vai acontecer logo. É exatamente nisso que penso quando chego no bar da Neuza, famoso pelos capetas de abacaxi servidos dentro da própria fruta. Um perigo. Mas a ocasião combina mais com cerveja e é com essa certeza que me aproximo. O Chico está olhando o mar e dá para notar que seus olhos acompanham com atenção as investidas de cada onda. As lembranças pairam ao redor — e no lado de dentro. Ele escolheu uma mesa mais afastada, já com areia sob os pés e uma leve inclinação por causa do terreno incerto da beira da praia. Enquanto o cheiro de mariscos inunda minhas narinas, percebo que o tempo não está para brincadeira: as nuvens pretas se aproximam.

Digo que Tem tempestade vindo por aí, hein, ô, e puxo uma cadeira de plástico laranja. Me sento de frente para o Chico. O mar sussurra alto em denúncia, enquanto alguns homens da mesa ao lado já se levantam e nos deixam sozinhos.

Manda duas Polar pra cá, Dona Neuza!, a gente precisa beber antes que o temporal nos alcance, eu falo, e aí o Chico mostra os dentes num sorriso que se arreganha. Ele comenta que Essas chuvaradas são pra madrugada, meu, até parece que não entende mais nada sobre o clima. Não respondo, porque as cervejas chegaram e eu tenho sede. Nos sirvo, cuidando para que a espuma não vença, e empurro o copo na direção do Chico. Eu entendo muito bem, sim, sobre o clima da cidade.

baleia morta e outras fomes 55

Uns segundos de silêncio para beber numa sentada e já estamos falando sobre o barco,

as iscas,

as novas redes bem inteirinhas,

as velhas esburacadas,

o mundaréu de pampos e tainhas do verão passado.

as semanas de chuva sem fim,

a cidade apinhada de gente

os veranistas que não compram mais como antes,

as empresas que pescam com máquinas

e as nossas famílias.

A filhinha do Chico nasceu faz uns dois meses — é a cara dele. Conversa vai, conversa vem, me diz que a guria nasceu prematura, se enfiando no mundo como quem mete os dois pés na porta.

Tu vê, né, ela herdou essa pressa de ti, eu falo enquanto tento pedir outra cerveja para a Dona Neuza, mas ela sumiu. O Chico responde que Nada a ver, desde quando eu sou apressado? E eu rebato com uma risada debochada, dizendo que Ah, talvez seja mais intensidade do que pressa em si. Outra vez, lembranças do último pôr do sol. Falamos de tudo, mas ignoramos o mais importante.

Enquanto o silêncio de novo toma conta da conversa, levo um susto: o Chico me encara. Ficamos em pé. Corremos. No horizonte oposto ao mar, a cidade nos julga como pingos gelados e barulhentos. A tempestade chegou antes do que esperávamos.

A domicílio
(parte II)

Enquanto você mastiga em alto e bom som, vai analisá-lo de cima a baixo. Ele estará vestindo apenas uma cueca branca e um garfo de hereges — com uma extremidade pressionando o peito e a outra pressionando a garganta —, preso por uma cinta de couro apertada ao redor do pescoço, logo abaixo do queixo. Por essa razão, o rapaz (chamado por você, em seus pensamentos, de "refém") precisará fazer muita força para ser capaz de encarar o seu rosto recém-amanhecido, pois, para permanecer vivo, teve de manter-se com a cabeça para cima durante toda a noite. Achando graça, você se aproximará. Sem pensar duas vezes, vai desafivelar a cinta e puxar o instrumento de tortura para si. Verá que o refém tem cortes na garganta, mas nada preocupante — conseguiu aguentar bem. Então você vai respirar fundo e ir até a cozinha tomar um copo de água. Se lembrará de que precisa ligar para o conserto da geladeira, porque ela anda fazendo barulhos estranhos. Voltará à sala com pingos gelados na camiseta velha.

Alcançará o alicate que repousou a noite inteira sobre a mesa perto da poltrona e, depois de se espreguiçar e estralar as juntas, vai arrastar uma cadeira e sentar-se de frente ao refém.

Ele vai arregalar os olhos, como se dissesse alguma coisa, mas será incapaz de qualquer palavra. Você vai pegar a mão livre do rapaz — pois a outra estará presa às algemas — e dará início ao que fora planejado. Começará pelo dedo indicador, encaixando a unha dele no grande alicate. Vai apertar e puxar uma, duas, três vezes, sempre para cima, de modo a descolar a unha inteira. O segredo está em começar por um dos cantos, e nunca pelo centro. Enquanto o grito estiver surgindo, sufocado, da garganta doída do refém, você sorrirá ao perceber que finalmente aprendeu.

Pensando sobre a composição das unhas e sobre o quão grossas são as deste rapaz, você vai se dar conta de que talvez precise pedir tele-entrega no almoço.

Seguirá, até finalizar uma das mãos. Verá os brancos, os amarelos e até os verdes que surgirão no espaço onde antes estava a última unha, do mindinho: pele enrugada, com pequeníssimas esferas de sangue brotando sobre a superfície agora desnuda. Na sua mão direita, onde o alicate fará pressão em cada apertão e em cada puxada, haverá uma marca. Você saberá que se esforçou, mas que já é hora de parar. O rapaz estará suando e seus dedos sem unha se parecerão cada vez mais com carne morta, tingida de sangue e pus.

Enquanto você estiver reunindo com o pé todas as pequenas unhas sem cor que terão se espalhado pelo chão, agrupando-as em um cantinho perto da poltrona, decidirá por pedir uma pizza. Você merece.

E então vai levantar, respirar fundo, deixar o alicate novamente em cima da mesa e buscar, na estante mais próxima, um molho de chaves. Uma delas, a menor de todas, servirá para penetrar a fechadura das algemas que estavam prendendo o refém. Você vai girar a chave e soltá-lo. Neste momento, irá até o quarto, passando pelo corredor que expõe a feia ilustração do seu amigo, e pegará uma sacola plástica cheia de roupas.

Ao voltar à sala, verá que o rapaz está em pé, movimentando o pescoço e analisando os próprios dedos. Ele parecerá bastante desnorteado enquanto se veste. Vocês não trocarão palavras, pois elas não serão, de maneira nenhuma, necessárias. O rapaz, antes refém, vai pescar a carteira marrom do bolso — com a mão que ainda estará com suas unhas intactas — e você verá o pequeno maço de dinheiro, já separado e contado, que ele jogará em cima da poltrona onde passou a noite. Você o acompanhará até a saída, abrirá a porta, fará um aceno com a cabeça e voltará à sala. Pisando em unhas, cruzará o corredor para buscar o celular.

Seu estômago estará roncando.

Em nome do pai e do filho

— **Nasci** Maria Aparecida Ferreira da Costa, mas desisti de ser Maria ainda menina. Todo mundo era Maria. Tinha a Maria do Carmo, minha amiga, a Maria Beatriz, filha do Seu Orlando, dono do açougue, a Maria Luzia, que casou com meu irmão, a Maria Conceição, a Maria Francisca, a Maria das Dores... Deus que me perdoe atentar ao pecado da vaidade, mas Ele há de entender. Preferi ser Aparecida. E só.

Acontece que nunca apareci muito, na verdade. Meu pai, que Deus o tenha, me ensinou a ser de boca fechada e olhos baixos. O respeito é o que mais importa ele dizia, mas nunca consegui entender por quem.

Fui parida no inverno, aqui mesmo nesta cidade de verão. Meia dúzia de habitante e um vento que se confundia com os gritos de minha falecida mãe, dona Zuleica. Mulher de garganta, coisa que nunca fui. Mãe e pai eram diferentes, acho que por isso que ela vivia gritando — foi o jeito que achou de dar cabo no poder do senhor Alberto. Quase militar, não fosse pescador.

Aliás, aqui a vida sempre foi da pesca. Isso não muda. Nasci de um pescador e casei com outro. Meu marido era homem forte e alto, alemão, que de tão branco vivia vermelho. A vontade que eu tinha de roubar aqueles cabelos lisinhos era tanta que doía.

Na minha cabeça não tinha jeito, mas na do meu filho, sim. O Francisco nasceu mirradinho, antes do tempo, com o cabelo amarelo e fininho, fininho. E uns olhões abertos. Eu cuido tão bem do meu menino. Tem sido só eu e ele, só eu e. Enfim, o senhor entende. É um absurdo o que estão dizendo por aí.

O temporal já era esperado, eu bem que disse pra ele não ir. Quase levou o Francisco junto — o menino queria tanto ir, que Deus tenha piedade. Foi intervenção divina, isso que foi. O Anselmo nunca me ouvia e foi isso que fez ele morrer

baleia morta e outras fomes **63**

e nos deixar aqui, abandonados, a ver navios. Me alembro como se fosse hoje: ele me acordou com um beijinho na testa — eu me assustei com aquele nariz vermelho dele tão perto — e já dava até pra ouvir os relâmpagos. Não teve jeito, ele disse que pagariam muito bem, e aí foram ele e o José pro meio do mar. O José sobreviveu. O Anselmo, coitado, não teve forças. A gente não pode desafiar a vontade do Todo Poderoso, eu sempre digo.

Graças ao bom Pai que o meu Francisco não foi junto. Ele não foi, não. Só Deus sabe o quanto ele queria ir junto do pai, ele amava aquele pai com todas as forças. Foi no dia depois do incêndio naquela festa junina, mas eu não lembro muito bem do que se assucedeu depois disso. Minha cabeça parece que escureceu.

Mas Deus é generoso. Não bastou poupar o meu Francisco uma vez, poupou duas.

Não posso nem imaginar ficar sem o meu menino.

Inclusive, moço, preciso ir logo pra casa. Tenho que fazer a janta. Depois dessa tristeza toda, aprendi a ser mãe e pai. Não tive escolha, o Francisco precisava — precisa — de mim. Como nunca soube fazer outra coisa (a vida sempre foi em função do Anselmo e do Francisco), aprendi a ser como meu pai, como Anselmo e como quase todos os homens aqui da cidade. Aprendi a ser pescadora, e exemplo nunca me faltou ao longo da vida.

Nunca servi pra costura, pros doces ou pra organização da paróquia, mas descobri que servia pra pesca. E que os barcos e os peixes me aceitaram lá no mar. É bonito de ver as tainha tudo na rede, cor de prata, brilhando no sol. E é assim que sustento a nossa casa, minha e do Francisco, desde que o Anselmo se foi.

O senhor pensa que é fácil aguentar aquela homarada toda fazendo fofoca de mim, me olhando e sussurrando coisas entre eles? Se me respeitavam antes era por causa do Anselmo, e olhe lá.

Deve ser difícil mesmo aceitar que uma mulher como eu, mãe e viúva, possa pescar mais peixe do que todos eles — como daquela vez que a minha rede subiu cheinha, cheinha, e a deles nada. Quando a gente atracou, eles teimaram em dizer que a rede era deles e não minha, e que, por causa disso, os peixes também. Mas recebi mais do que todos eles, e mesmo me chamando de louca varrida e demente e desmiolada, me olhavam com pena. Nunca entendi, mas paciência. Deus sabe o que faz. Foi o suficiente pra pagar as contas e dar de comer pro Francisco.

Foi com aquele dinheiro que paguei o enterro do Anselmo, moço. Agradeço todo dia porque o Francisco não foi com o pai pra tempestade. Graças a Deus que ele não foi. Que ele ficou comigo e...

Sempre fiz tudo direitinho e não sei nem como dizer o quanto foi difícil não desistir das coisas. Só tive forças por causa do meu filho. Se não fosse ele... inclusive já tá tarde e eu deveria estar preparando o jantar. Não gosto que o Francisco mexa com fogo. Mas agora eu tô aqui, tomando chá de cadeira, porque uns vizinhos que nunca gostaram de mim estão contando mentira pra cidade toda. Olha bem pra mim, seu delegado, eu tenho cara de quem faria mal a qualquer pessoa? Eu não sei como o José, que era tão amigo do Anselmo, pôde fazer isso comigo — dizer que não foi junto naquele barco. É claro que foi! Se não foi ele quem acompanhou o Anselmo, quem foi?

Foram dois mortos! Tá no jornal, foram dois mortos. O Anselmo e o

o josé sobreviveu. ele sobreviveu e

dois mortos. o anselmo e quem? minha memória anda meio ruim, seu delegado

roubar um corpo do cemitério

baleia morta e outras fomes 65

vê se tem cabimento
sempre fui uma mulher batalhadora e só
quero cuidar do francisco. agora querem dizer que tem um
cadáver descomposto no quarto do meu menino? deus que
me livre! eu não matei ninguém, eu juro que
como assim o francisco que foi junto e o josé
ficou?! o francisco não foi junto. ele ficou dormindo, seu delegado, ele ficou
não diga uma bobagem dessas! ele tá lá em casa
me esperando e
onde tá a minha bolsa? eu preciso
ir, eu preciso ir,
um cadáver descomposto deitado na cama do francisco
vê se tem cabimento

A noite mais fria do ano acabou e a tarefa finalmente foi cumprida. Agora, o que eu vejo pela frente — e aos arredores — é a tranquilidade nascida do dever cumprido. De nada, de nada. As barulhentas grades de metal, quase impenetráveis, estão baixas. Nada entra e nada sai lá de dentro, além dos poucos gases, vapores e eventuais pequeníssimos insetos que estejam se arriscando na umidade. Só o Fábio, que todo o dia abre as portas da loja, sabe como lançar luz à parte interna do lugar, em uma orquestra de metais enferrujados. Ninguém mais. Ninguém mais sabe de nada. Sorte que o Fábio ainda não chegou, e que a grade mantém seu peso absoluto em um beijo contra o chão melado. Tarefa cumprida antes do prazo. O Fábio gosta de pró-atividade.

Olho para o outro lado e sorrio pequeno. O morador da rua não estava em sua cama — isto é, o outro lado da calçada em frente à loja do Fábio. Se eu não soubesse, até poderia acreditar que o frio o fizera correr para um albergue ou um prostíbulo, mas ele nunca, nunca, nunquinha saía da frente da loja do Fábio. Ainda dá para ver as marcas da gordura do seu corpo, dos odores da noite e das bitucas catalogadas como lembretes sobre as fumaças já engolidas, digeridas e processadas. Já era hora.

Havia gotas bem onde sua cabeça costumava repousar, formando um respingado par de olhos assimétricos e um nariz que também poderia ser a boca. Um rosto disforme, gota após gota, despejado talvez a partir de um ar-condicionado em vã tentativa de esquentar qualquer cômodo superior ou, quem sabe, vindo até da saliva sem pontaria do próprio morador de rua, cujo nome nunca cheguei a descobrir. Um nojo. Talvez ele nem mesmo tivesse nome. Nunca saberemos. Nesse momento, ele nada mais é do que o amontoado de vazios que existem entre os furos tecidos à queima-roupa.

baleia morta e outras fomes 69

Os ladrilhos gelados seguem-se adiante e fingem que nada sabem. Mas eles também exultam com a vitória e são meus cúmplices. Serão mais limpos e cheirarão a pés envolvidos em couro. Sigo caminhando e, a cada passo que dou, as luzes se aproximam. O sol, teimoso, bate com toda a sua força — murros silenciosos, irrompidos ao nascer do dia — na face de uma janela espelhada do segundo andar. A altura não impede. Quem quer dá um jeito, o Fábio me disse. E me pagou muito bem, preciso admitir, embora eu só tenha aceitado o trabalho pelo prazer que saberia sentir. Olho para baixo assim que atravesso a piscina de luz, pisando sobre ela como quem caminha sobre as águas, e vejo-me luzir. Coloco as mãos no bolso, sinto as cédulas quentes e respiro fundo. O ar já não cheira a suor amanhecido e os restos de pele no chão logo serão varridos. Talvez até pelo próprio Fábio, enquanto sorri como uma janela escancarada. Daqui a pouco ele chegará para abrir a loja.

Pego a bicicleta, único bem que o mendigo podia chamar de seu, e começo a pedalar. Dormirei como uma pedra.

Eu não tinha estas mãos sem força,
Tão paradas e frias e mortas;
Eu não tinha este coração
Que nem se mostra.

(Trecho de "Retrato", de Cecília Meireles)

Tinha uns olhos de afogamento com pálpebras que lhe caíam à vista — como paraquedas inflados de medo ou cascos de tartaruga não mais habitados. Não reconheci. O semblante cansado gritava por descanso, mas a boca, encrespada, revelava tensão. Naquele quarto, só nós dois. Enquanto o sol entrava pestilento, a cortina na janela balançava, preguiçosa, sob uma brisa leve. E o que antes fora um iceberg principiava a se tornar um mar de ondas que só vão, mas não voltam. Eu não conseguia parar de olhá-lo, e percebi que ele me analisava, também. Mas achei justo. Suas mãos, imóveis ao lado do corpo, estavam caladas: mal se mexiam, exceto por leves espasmos que não podia controlar. Aliás, eu via que a vida fugia ao seu controle. Eu via pelos dedos mortos, pelos ombros sem firmeza, pela postura arqueada. Já desistira de tomar as próprias rédeas, e agora deixava-se navegar sem rumo.

As vestes, surradas, denunciavam a falta de vontade de renovar o guarda-roupa. Havia furos na gola de sua camiseta branca e a costura das mangas ameaçava ruir por completo. As traças lhe comiam a vontade, preenchendo-a de vazios — e o que já havia ruído há algum tempo era a sua capacidade de sorrir. Ao me dar conta, retornei à boca. Estava esmaecida, e não consegui imaginar palavras brotando dali. Terreno infértil mas, ainda, de alguma forma, selvagem. Me engolia.

Os cabelos não mais se assentavam à cabeça, imigrantes — assim como as ideias. Era tudo bagunça, despenteio, secura.

baleia morta e outras fomes 73

Embaraço. Uma mistura de fios desconexos sob a cor castanha do incerto. Pensei comigo mesmo que talvez fosse melhor cortá-los de uma vez, se não podia mantê-los em ordem. Cogitei falar, mas não quis ser indelicado. Me aproximei e vi a lágrima naquele rosto que eu tanto amava. Dizem que derrubar sal dá azar. Mas e o sal da lágrima, ao escorrer pelo rosto e se transformar no peso infinito das reticências? Avancei e estendi a mão para enxugá-la daquele rosto sem cor. Antes disso, num só movimento, eu já era estilhaço de espelho.

Posfácio

AQUELE QUE FALA PELAS
BALEIAS DA PRAIA

O Gabriel Fragoso e sua felicidade que emana do rosto e dos gestos: o Gabriel nunca precisou dizer que gostava de escrever. Escrevia e mostrava, em vários gêneros. Acompanhei mais de perto seus contos desde a graduação na Escrita Criativa da PUCRS e reconheci nele, mais que o contista que aqui se publica, um artista. Falo desses seres que criam mundos por pura necessidade de fabulação, o que, no caso da literatura, faz convergir, por exemplo, o drama, as artes visuais e a música. Falo do contista deste livro que, com uma habilidade espantosa, esconde a voz, dando a entender que seres e coisas é que falam. É a arte dos ventríloquos, aqueles sujeitos que inflam com a sua voz os que não têm fala. Assim é que a escrita do Gabriel se dá no detalhe, na tessitura do mínimo, que, por isso, exige um leitor sensível e atento para estes 12 contos aqui reunidos.

Digo então que o leitor, ao adentrar cada uma das narrativas, deve estar ciente ao fato de que, conforme nos esclareceu o escritor e teórico argentino Ricardo Piglia, os contos sempre mostram uma história que se lê pelo que a narrativa diz, mas esconde outra história que precisa ser montada particularmente na borra da leitura, a partir de elementos tácitos. Dito de outro modo, a sutileza dos contos do Gabriel Fragoso é permitir que as simbologias de toda ordem que circundam o primeiro plano – desde os títulos, os objetos, falas à toa, roupas, bichos, paisagens, músicas, até um quadro de uma baleia morta na praia – tornem-se desencadeadoras do sentido mais profundo que, tanto na literatura quanto na vida, nem sempre se mostram à flor da pele. Assim é que seus contos trabalham com algo de medula: suscitam impressões internas, mas tão universais que as sentimos como nossas, já que as reconhecemos. Para isso, ele dispõe "pedaços" que, como em um quebra-cabeça, nos dão prazer em montar (embora nem sempre saiamos da leitura com uma imagem nítida, o que é muito bom). "[...] não seríamos todos apenas pedaços de qualquer coisa?", pergunta o narrador do conto *O crepitar dentro da mala*. Acrescento se não seriam os contos do Gabriel um palco (um palco de teatro) onde ele deixa apenas aquilo que simboliza, aquilo que, por ânsia de comunicação, pede inevitavelmente nossa colaboração inclusiva e nossa capacidade de ir descobrindo os dados escondidos? É isso mesmo.

Para armar os 12 contos, o Gabriel usufrui de uma variedade de focalizadores: narradores protagonistas, segundas pessoas assumidas num "você", vozes neutras em terceira pessoa, ou vozes de pessoalíssima oralidade, como é o caso de *Em nome do pai e do filho*. Logo, se a arte de ler o artista Gabriel é colar "os pedaços" que ele dispõe conforme a regra do jogo, o leitor deve também perceber que a tal regra (os modos como narra) também varia. Em vários casos, o título ou a epígrafe fornecem mínimo, mas essencial, amparo, como é o caso do conto *A liberdade ou o despejo*.

Nesse sentido, destaco o mais primordial dos seus recursos de ventríloquo: falar através da imagem. É que a imagem aglutina potencialidades semânticas, aponta para o devir narrativo ao mesmo tempo que deixa rastros na memória do que se lê. A imagem faz ver não a si; por outra, despeja lampejos sobre elementos prosaicos que, na dobradura do texto, catalisam a significação: às vezes no final, na última frase; às vezes em aberto, no toldo que o conto estende. Então as imagens se duplicam ora num sentido aparente, ora na narrativa que se entrelê – como é o caso do conto *As mãos da aranha*, quando o aracnídeo é capaz de nos confessar o que o relato apenas deixa entender. Mas há outros manejos com imagens mais do nível do espelho e, nesse sentido, mais aos modos de um Cortázar ou Borges, embora sem a camada racional que cercou esses contistas argentinos. Daí sai meu conto preferido, *Como se toque*, um relato de puro desejo, que flerta com o insólito, porque todo tesão é um pouco assim. Daí saem os contos *A domicílio*, que são os mais fortes. Da categoria do grotesco, esses dois textos expressam a estranheza das relações humanas, invertendo o julgamento que poderíamos (deveríamos) fazer de um torturador em relação ao torturado. São relatos que se completam de modo enigmático e, por isso, inesquecível. Compondo a lista dos preferidos, destaco ainda o conto que dá título ao livro, este *Baleia morta e outras fomes*, que usa, por exemplo, o óleo *Vista das areias de Scheveningen*, que Hendrick Van Anthonissen produziu em 1641. Gabriel aí aproveita o fato de terem descoberto uma baleia morta na praia, escondida na tela por motivos de época, depois de mais de 150 anos. Assim, traça um paralelo entre dois mundos, duas artes – um menino (o menino que se pode ver na tela) que teria testemunhado a cena da baleia e que (invenção do Gabriel) assistiu à carnificina que populares causaram ao cetáceo. O menino foge pelo limiar daquele ano de 1641 (o ano da tela) para encontrar um casal que, no futuro, bebe vinho e observa o quadro onde as pessoas observam a baleia... Quando o menino atravessa essa película entre os dois mundos, o conto se funde. É por essas e outras que a baleia que repousa morta na tela (a baleia que não mexe os olhos) parece, não só nesse conto, mas em tantos outros, nos olhar enquanto lemos. É que a baleia está viva. Eis então o porquê de o Gabriel Fragoso, como falei no início, ser mais ventríloquo que outra coisa: na voz dele, também podem falar as baleias da praia. E isso é especialíssimo.

Altair

Este livro foi composto em Baskerville no papel pólen Bold para a
Editora Moinhos enquanto Marvin Gaye cantava Let's Get It On.

*

Era maio de 2021.
Apenas 7,4% da população brasileira havia recebido
as 2 doses da vacina contra a Covid.